VIE ET AVENTURES

D'UN POSITIVISTE

IMPRIMERIE E. HEUTTE ET Ce, A SAINT-GERMAIN.

FRANCIS MAGNARD

VIE ET AVENTURES D'UN POSITIVISTE

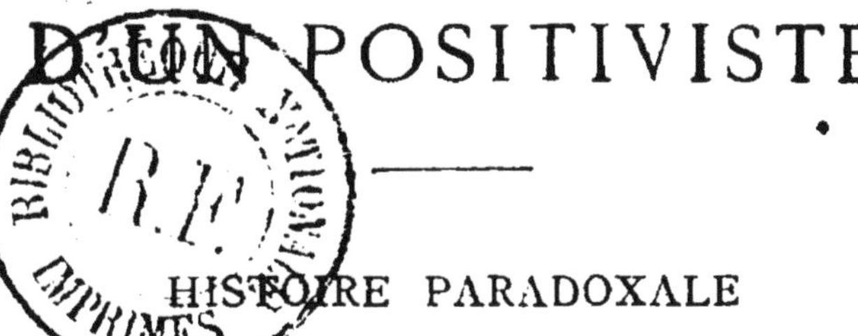

HISTOIRE PARADOXALE

PARIS
A LA LIBRAIRIE ILLUSTRÉE
16, RUE DU CROISSANT, 16
(Ancien hôtel Colbert.)

VIE ET AVENTURES

D'UN POSITIVISTE

Pierre-Paul-Jacques Beuvron, membre de l'Institut (section des sciences morales et politiques), auteur des *Mythologies comparées* (6 vol. in-8°) et d'un *Essai sur la cellule primordiale* (1 vol. in-8° avec planches), ouvrages qui se sont vendus difficilement en France, mais qui ont obtenu un débit considérable en Allemagne et en Angleterre, était bien certainement une créature angélique égarée sur la terre. On l'eût néanmoins surpris et désobligé en accolant cet adjectif à son nom : Pierre-Paul-Jacques Beuvron ne croyait ni aux anges, ni aux démons, ni à Dieu, ni à l'âme humaine, ni à la vie éternelle.

Assurément, il n'y avait pas d'égoïsme intéressé dans ce parti-pris de négation ; le catholique le plus fervent n'eût pu s'empêcher d'être édifié par l'existence laborieuse, simple et sans tache du savant incrédule : il avait su imposer silence à tous ses appétits et vivait dans ses travaux comme dans une cage de verre, tellement appliqué, tellement consciencieux, que sa vie à elle seule constituait un apostolat presque dangereux.

Plus d'un esprit faible et incertain devait en effet admettre comme supérieure à toute autre la doctrine philosophique suivie par cet être excellent et quasi-impeccable ; si l'humanité avait gardé quelque prise sur Jacques Beuvron, c'était par l'orgueil. Il ne pouvait s'empêcher parfois de songer qu'il avait enfin, à lui seul, par le secours de la réflexion, résolu le problème de la morale naturelle. Rien ne lui paraissait plus facile, plus simple, plus inévitable pour ainsi dire que d'agir comme il le faisait ; il affirmait que, sans croire à l'Évangile, il se sentait disposé à conserver son honneur intact, à soulager les malheurs qu'il rencontrait sur son chemin, à suivre en un mot cette règle non écrite qu'on retrouve à la base de toute société humaine : ne pas tuer, ne pas voler, ne faire de tort à personne, être sincère, loyal, obéir aux lois et aux mœurs du pays où l'on habite.

M. Beuvron en était arrivé à ce point que le crime lui paraissait un simple malentendu, dont il cherchait obstinément, bien que sans succès, l'origine et le motif. Il espérait fermement qu'un jour la science, parfaitement maîtresse de son sujet, connaîtrait assez le cerveau humain pour agir sur lui par des moyens physiques et trouverait un chapeau providentiel destiné à réformer les crânes mal construits.

Lorsque, vers sa vingt-deuxième année, en 1835, Jacques Beuvron, qui étudiait la médecine avec une ardeur fébrile et menait une existence d'ascète au milieu du quartier Latin, hérita de la fortune de son père, il eut un moment d'éblouissement et de stupeur. Le vieux Beuvron, paysan avare et enrichi, faisait à son fils une pension de 900 fr., non sans de longues récriminations, de telle façon que Jacques avait parfois des attendrissements en songeant aux privations que s'imposait son bonhomme de père. Ces privations n'existaient que dans l'imagination de l'excellent fils, puisque le vieux vigneron, surpris par la mort en cerclant lui-même un tonneau, laissait une fortune de deux cent mille francs environ.

Deux cent mille francs! Avec la curiosité de son âge, Jacques Beuvron avait un peu tâté du socialisme, qui commençait alors son sabbat ; malgré la visible et saine prospérité du règne de Louis-Philippe, les esprits étaient travaillés de chimères, et jamais on ne brassa plus de systèmes pour arriver à résoudre le problème de l'universel bonheur. Le jeune étudiant se trouvait donc appartenir tout d'un coup à cette classe des privilégiés dont la situation lui paraissait de loin exorbitante et injuste. Que faire de cet argent qui, comme tous les capitaux possibles, devait s'être engraissé de la sueur du peuple, et qui, d'autre part, se trouvait retiré de la circulation courante au profit d'un seul individu ?

L'héritier du vigneron eut un instant l'idée de distribuer sa petite fortune à ses frères malheureux ; heureusement la réflexion lui vint que, pour Paris seulement, le nombre des indigents secourus par l'assistance publique étant de cent mille environ, chacun de ces braves gens toucherait une somme ronde de deux francs — ce qui était illusoire et impropre à dénouer le grand problème social. Beuvron se rabattit sur le projet de construire une maison de retraite et de régénération pour les jeunes personnes perverties, mais disposées à rentrer dans le droit chemin.

Ce rêve le séduisit, de façon à l'occuper pendant plusieurs mois Dans sa candeur extrême, ce philosophe de vingt ans comptait sur un certain nombre de femmes du monde dévouées, qui occuperaient nuit et jour de ce gibier de se repentir ; des étudiants aussi devaient venir à tour de rôle lui prêcher ou lui enseigner les principes de la morale naturelle, car dès lors Jacques Beuvron repoussait absolument la participation de l'élément religieux.

Il découvrit son plan à un de ses amis, esprit pratique et froid, qui, pour l'en dissuader, se contenta de le mener un soir au Prado où, bien entendu, le futur membre de l'Institut n'avait jamais mis le pied. Le chahut était alors — comme le socialisme — dans toute la fleur de sa nouveauté ; en moins d'un quart d'heure, le nez de Beuvron fut trois fois effleuré par le pied d'une de ces vierges folles qu'il voulait régénérer ; il fermait les yeux machinalement devant les jupes qu'entr'ouvrait devant lui un grand écart de premier ordre, et les douces enfants qui le regardaient s'accordaient à déclarer qu'il avait l'air d'un jobard.

Cette rapide et superficielle expépérience suffit à Beuvron pour comprendre qu'il voulait commencer une tâche au-dessus de ses forces. Après bien des méditations, il finit par avouer que la sueur de son père avait sa part dans le capital qu'il lui laissait, et il se borna à chercher une fille de prolétaire pour partager sa petite ſortune. La recherche fut longue, Beuvron étant extrêmement timide, outrageusement myope, et plus préoccupé d'ailleurs de ses travaux que de ses amours. Pour éviter l'embarras du choix, il avait un instant songé à épouser une enfant des hospices ; il y renonça parce que ces malheureuses jeunes filles, élevées par des religieuses, devaient être atteintes de « la lèpre du cléricalisme, » comme on disait alors et comme on dit encore aujourd'hui.

Quand Beuvron se sentait du vague à l'âme, il se remettait à piocher : il préparait ses thèses pour le doctorat en médecine et pour le doctorat ès-lettres : les sujets étaient hardis et firent beaucoup de bruit en leur temps ; Beuvron voulut traiter : *Du siége de l'âme* devant la Faculté, et il écrivait pour la Sorbonne un véritable volume sur l'*Incertitude de la cause première.* Sa thèse latine devait porter ce titre : *An Deus theologicus sit malum?*

Les deux facultés refusèrent d'entamer la lutte ; il s'engagea là-dessus une polémique qui dura plusieurs années, et qui, après avoir un peu chatouillé la curiosité publique, finit par s'éteindre dans une indifférence universelle. Au surplus, les ardeurs militantes de Beuvron s'atténuaient ; il complétait son arsenal de campagne contre les religions en général et le christianisme en particulier ; tous les six mois, on annonçait que la publication de ses *Mythologies comparées* allait commencer. A ce moment, il eut diverses petites indispositions qui le ramenèrent vers les idées de mariage ; on lui ménagea des entrevues avec diverses familles pourvues de demoiselles à marier. Il alla voir, regarda, se sentit dépaysé, inquiet comme en pays inconnu, et refusa tout.

Près de sept ans s'étaient passés ainsi, lorsqu'un jour Jacques, ayant apporté des livres chez un vieil ouvrier relieur qu'il faisait travailler, vit entrer dans la mansarde qui servait d'atelier une jeune fille, brune, grande, qui portait sa robe de laine et son petit chapeau de dentelle avec des allures de reine.

— Bonjour, papa, dit-elle en allant embrasser le vieux relieur.

Beuvron ne pouvait concevoir tout d'abord que cet excellent homme, qui sentait le tabac et la colle, eût engendré cette exquise créature. Après quelques mots insignifiants, elle s'éloigna en saluant le client, et Beuvron put questionner le relieur.

— C'est ma fille, dit celui-ci en se rengorgeant ; je peux dire que tout ce que j'ai gagné a été dépensé pour elle, mais elle me donne bien de la satisfaction : elle a ses diplômes d'institutrice et elle est sous-maîtresse dans le grand pensionnat de Mmes Combemorte, à Vaugirard. 30 francs par mois, la nourriture et le logement. C'est une jolie position pour une jeune personne. Et avec ça pas fière, se mettant toute à tous ; je l'ai vue laver la vaisselle, ici, avec ses belles mains blanches, monsieur, un jour que sa mère était malade... Ah ! j'oubliais, elle est adroite comme une fée ; tout ce qu'elle porte, elle le taille et le coud elle-même... un trésor, monsieur ; celui qui l'épousera ne sera pas à plaindre.

Il paraissait à Jacques Beuvron n'avoir jamais rien vu d'aussi joli que la fille du relieur: il écoutait donc avec ravissement le bavardage de son enthousiasme paternel.

— Et comptez-vous la marier bientôt ? demanda-t-il d'une voix qui tremblait et à laquelle il essaya de donner un ton des plus indifférents.

— Comme vous en parlez, monsieur Beuvron ! On voit que vous vivez dans vos livres, vous. Et avec qui se marierait-elle, la petiote ? Un ouvrier ne la rendra point heureuse et ce ne serait pas la peine d'avoir passé ses examens pour faire la pâtée aux marmots toute la journée; un employé, c'est la misère, et puis elle ne voudrait pas de tout le monde.

— Voudrait-elle de moi, par exemple ? interrompit Beuvron qui brûlait ses vaisseaux et que l'émotion rendait plus rouge qu'une cerise.

Le relieur resta la bouche béante devant cette proposition à brûle-pourpoint.

— Vous, monsieur, je ne... Mais vous savez que je ne lui donne pas un sou de dot, à ma fille ?

— Est-ce que j'ai besoin de dot? Mon père m'a laissé dix mille livres de rente, je dépense cent francs par mois pour mes besoins personnels; dans un an, le premier volume de mes *Mythologies comparées* sera sous presse; je suis donc un excellent parti ! Je trouve votre fille extrêmement jolie ! vous me dites qu'elle a toutes les qualités. Je n'hésite pas à vous demander sa main. Consultez-la, et répondez-moi très-vite.

La réponse fut affirmative, et deux mois plus tard, le mariage eut lieu. Un gros incident faillit cependant tout gâter. La fiancée ayant parlé du confesseur auquel elle comptait s'adresser,

Beuvron se démena comme un diable dans un bénitier, et déclara solennellement qu'on ne le verrait jamais, lui homme libre, courber le front devant un prêtre et accepter une bénédiction à laquelle il ne croyait pas. Mlle Amélie répondit que, n'étant ni païenne, ni athée, elle tenait essentiellement au mariage religieux ; elle ne tourmenterait jamais son mari sur des questions de ce genre, mais elle demandait qu'en échange de cette liberté pleine et entière qui durerait toute sa vie, il consentît à faire acte de présence dans une église pendant une demi-heure.

Ici, Jacques Beuvron prit Mlle Amélie à part et commença un très-long sermon sur les origines, les progrès et les inconvénients de la superstition. Il cita Lucien de Samosate, Erasme, Montaigne, Bayle, Voltaire et le docteur Strauss; il affirma son respect et même, dans une certaine mesure, sa sympathie pour le Rabbi Jésus de Nazareth, mais en ajoutant de nouveau qu'il ne pouvait se prêter à des plaisanteries telles que le culte catholique.

— Votre éducation est à refaire, ma chère enfant, dit-il en manière de conclusion — ce sera pour moi un honneur et un bonheur d'initier à la vérité vraie une âme droite comme la vôtre.

— Je ne demande pas mieux, mais laissez-moi une dernière fois à mes erreurs d'enfance. Il me semble que nous ne serons pas mariés si le prêtre n'y passe point.

— Vous faites injure à la majesté de la loi civile, répliqua Beuvron avec un sérieux imperturbable ; cela n'est pas d'une bonne citoyenne.

Bref, il n'en démordit point. Amélie,

très-piquée de ce qu'elle appelait un manque d'égards, et de plus très-froissée dans ses convictions, qui, pour être vagues, n'en étaient pas moins sincères, eut un moment envie de donner congé au philosophe; mais dix mille francs de rente sont un denier tentant pour une fille pauvre qui ne voit point d'issue à sa vie. Elle se résigna.

Le mariage ne fut célébré que devant l'officier municipal.

— Eh bien ! dit Beuvron à sa femme dans la voiture qui les emmenait faire un tour de promenade en sortant de la mairie, vous sentez-vous moins mariée et le sacrifice fait à vos prétendues convictions est-il si pénible que cela?

Amélie sourit sans répondre. Elle venait, en effet, de recevoir sa première leçon de philosophie positive :

son mari l'avait forcée à savoir qu'on peut sans trop de peine sacrifier ses convictions à ses intérêts.

II

Si peu mondain que fût Jacques Beuvron, il eut à faire quelques visites de noces et à produire sa femme dans un petit cercle d'hommes graves et de familles sérieuses qu'il fréquentait. Après deux ou trois semaines données à la dissipation, le jeune savant informa sa femme qu'il avait soif de silence et d'étude ; ensuite, il lui proposa le plan de vie suivant : le matin, il resterait seul dans son cabinet pendant qu'elle vaquerait aux soins de l'intérieur ; l'après-midi, elle lui servirait de secrétaire pour une série de recherches dont l'énumération dura deux heures. Le soir ils travailleraient à deux, car de toute nécessité elle devait refaire son éducation philosophique, qui était vraiment déplorable.

— Je sais, ma chère enfant, que tu es allée à la messe deux dimanches de suite...

Amélie voulut entamer une explication.

— Oh ! je ne t'accuse pas... je te plains de rester dans les ténèbres de ton paganisme ; je comprends d'ailleurs, comme j'ai déjà eu le plaisir de te le dire, qu'on sympathise avec le fils de Meryem, bien qu'en somme il ait fait beaucoup de mal à l'humanité, et je t'autorise à lui élever un petit oratoire dans ta chambre à coucher, pourvu que tu le mettes en compagnie de Platon, de Plotin, de Julien l'Apostat, de Mélanchton, de Spinosa et de quelques autres. Voici une excellente traduction de Hegel: tu en liras cinq pages tous les deux jours. Le lendemain, tu en feras autant avec la *Vie de Jésus* du docteur Strauss. Pour te distraire, tu pourras feuilleter un travail analytique manuscrit que j'avais jadis fait sur Kant; je suis heureux et fier de penser qu'il te sera utile. Le soir, je me mets à ta disposition pour écouter et rectifier tes impressions sur la lecture de la veille; un travail utile de ta part serait de réunir quelques objections que je combattrais une par une....

Qu'on se figure une avalanche de propositions semblables tombant sur le dos d'une jeune femme, intelligente, diplômée, imbue d'idées par à-peu-près sur une foule de choses, mais n'ayant aucune envie de les approfondir et espérant trouver dans le mariage des distractions d'une nature plus matérielle. Il y avait de quoi mourir d'ennui et de chagrin. Les dix mille francs de rente étaient bien payés.

Mais, d'autre part, comment résister à ce terrible savant qui croyait faire une galanterie à sa femme en lui offrant une analyse manuscrite de la *Raison pure* et des discussions quotidiennes approfondies sur la finalité ou sur l'unité des espèces ? Il y mettait positivement une sorte de bonne grâce désespérante.

Si Amélie eut quelques velléités de révolte, elle les étouffa bien vite, ne trouvant d'ailleurs aucun point d'appui autour d'elle.

Faute de mieux, elle accepta donc Hegel, Strauss et Kant : quand son mari était content d'elle, il lui faisait lire quelques pages de Rabelais ou de Bayle.

Au bout de trois mois de ménage, elle n'allait plus à la messe, mais elle était devenue raisonneuse ! Abandonnant le catholicisme aux répugnances de son mari, elle défendait chaleureusement le déisme, que celui-ci considérait à peine comme un progrès et à qui il reprochait d'avoir engendré la religion du Christ.

Amélie se rejetait sur la morale évangélique et la déclarait sublime.

— Sublime, soit ! mais pas neuve. Jésus n'a produit, en somme, qu'un seul axiome propre à fonder une philosophie morale : « Ne fais pas à autrui ce que tu ne voudrais pas qu'on te fît. » Eh bien ! cet axiome il ne l'a pas inventé. Lui qui a été si dur, si injuste pour les pharisiens, il l'a pris à un pharisien, le vénérable Hillel. Ainsi que le démontre le Thalmud de Babylone, traité Schabbath, folio 31 *a*, que tu pourras comparer avec le traité

Manoth, folio 24 *b*, Hillel avait dit: « Ce que tu n'aimes pas.pour toi, ne le fais pas à ton prochain. » Quant tu auras un instant, je te conseille d'étudier aussi les notes que Joseph de Nortin a ajoutées au *Pugio fidei* de Raymond Martin. Tu y verras l'équivalence des doctrines de la synagogue et de celles du rabbi Jésus, qui se fit faussement passer pour le Maschiah, et qui, à ce titre, comme perturbateur de la paix publique, fut justement condamné à mort par le gouverneur Pontius-Pilatus, lequel ne me semble point d'ailleurs avoir été un homme recommandable.

— Mais Jean-Jeacques Rousseau n'a-t-il pas dit : « Si la vie et la mort de Socrate sont d'un homme, la vie et la mort de Jésus sont d'un Dieu ?

— Jean-Jacques se trompait : c'était au surplus un idéaliste, un esprit chimérique sans philosophie sérieuse, sans base d'opérations intellectuelles : la folie dont il a été atteint dans les dernières années de sa vie le prouve bien. Mais pour en revenir à ton rabbi, il est certain que sa mort dramatisée, transformée en légende, a été un levier puissant pour sa doctrine fatale. Je ne puis mieux comparer son cas qu'à celui de Napoléon Ier : celui-ci est tombé sous l'exécration des mères, sous la lassitude de ses soldats eux-mêmes. La France s'est dérobée sous lui comme un cheval fourbu que l'éperon ensanglante vainement, qui aime mieux mourir sur place que de se relever. S'il était resté après sa chute perdu dans la foule, sa mémoire serait encore abhorrée aujourd'hui ; on l'a isolé sur un piédestal auquel l'éloignement prêtait des proportions gigantesques, et quand on a ramené ses cendres à Paris, il y a trois ans, nous nous sommes prosternés comme des esclaves devant le fantôme de ce prodigieux assassin. De même pour Jésus : si Pilate s'était contenté de l'exiler après une légère fustigation, si le grand pontife Kaïaphah avait eu le bon esprit de ne pas attacher d'importance à ses démonstrations, le rabbi aurait continué à prêcher dans son coin et ne serait pas plus célèbre que le rebelle Bar-Cocheba ou le rabbi Juda rédacteur de la *Mischna*.

— Alors, tu crois que le monde se fût passé de la doctrine chrétienne.

— J'en suis certain, et j'affirme que sans elle nous connaîtrions depuis cinq cents ans au moins ces problèmes dont l'humanité cherche la solution : le christianisme a proscrit la méthode expérimentale et introduit la méthode sentimentale en philosophie. Qu'est-ce par exemple que cette recommandation dont les catholiques font si grand bruit et qu'ils considèrent volontiers comme sublime : « Aimez votre prochain

comme vous-même, » sinon une négation de la personnalité humaine, un appel au myticisme, à la vie religieuse, par conséquent à la paresse et à la non-activité ? Le monde n'est pas un réfectoire où chacun a la faculté de s'asseoir et de dîner, mais un champ de combat où il faut gagner sa nourriture.

J'ai eu, comme tout le monde, ma période de tendresse puérile pour les souffrances d'ici-bas ; il m'est prouvé aujourd'hui que ces souffrances sont une loi fatale, inévitable, sans compensation.

— Et si toi-même, si ceux que tu aimes, étaient victimes de cette fatalité dont tu prends si facilement ton parti !....

— J'en serais désolé. Mais quoi ! Puis-je réclamer pour moi, chétif, perdu dans les innombrables formes de l'être, qui suis dans l'espace moins qu'un puceron sur le Mont-Blanc, d'autres lois que celles qui régissent toute la nature connue? A-t-on garanti un minimum d'existence à tous les grains de pollen que secoue l'aile des papillons, à tous les glands qui pourrissent dans l'humus des forêts, à tous les organismes gélatineux qui flottent dans la mer? Est-il un paradis pour les branches de corail que la drague arrache du rocher natal? et que faites-vous de l'âme des roses piquées par le ver? Le lapin fricassé hier par notre cuisinière ne se croyait-il pas aussi des droits à une vie éternelle? L'homme est différent du corail, de la rose et du lapin, il n'est pas autre; nous sommes tous fils de la même cellule, de la matière incolore et flexible qu'un matin, il y a quatre-vingt mille ans environ, le soleil caressa sur la cime des flots en tumulte.

Songeons à toutes les cellules dépensées, à tous les organismes disparus avant de passer d'une forme à une autre, et soyons moins exigeants quant à notre part de bonheur.

— Ne penses-tu pas que précisément cette doctrine de compensation et de consolation, apportée par le Christ à un monde épuisé de douleurs, écrasé par l'inégalité et par la férocité des civilisations antiques, a été un bienfait ?

— Non ! elle a pour un temps fermé l'horizon ! Elle a ravalé l'homme dans la poussière, aux pieds des dieux qu'il s'était créés, et qui, par conséquent, devaient toujours rester à ses ordres : elle l'a leurré de l'espérance du ciel et l'a empêché de tirer parti de la terre. Toutes les religions en sont là : quand la Cyrénaïque, quand la Syrie adoraient six mille dieux, elles étaient riches et prospères : le monothéisme, l'idée du seul Dieu, maître, créateur, et compensateur, a, sous la forme chrétienne, puis sous la forme musulmane, stérilisé ces contrées bénies.

— Il n'y a donc pas de Dieu ?

— Notre Dieu ! c'est nous, notre intelligence, notre volonté ; notre Dieu, c'est le mieux ; quand je me porte bien, quand j'agis bien, je suis Dieu, c'est-à-dire l'être supérieur domptant la matière extérieure à force d'activité intérieure. Quand je suis malade ou coupable, je redeviens un animal vulgaire, semblable au singe ou au chat.

— Mais la morale ?

— La morale est fixée par les mœurs ; je n'ai pas le droit de faire tort aux autres ! toutes les lois sont contenues dans ce seul mot.

— Et si je le prends ce droit ?

— La masse sociale est armée pour t'en empêcher ; en dehors de la règle positive que garantissent les juges et les gendarmes, il y a des erreurs, mais il ne peut y avoir de fautes.

— La règle! la règle! Qui l'a faite cette règle?

— La conscience des générations successives faussement désignée sous le pseudonyme de Dieu. Nos faibles aïeux n'ont pu comprendre le phénomène de la sélection, de l'élimination de formes imparfaites résultant de leur propre existence; ils ont inventé un Dieu pour la création physique comme pour la création morale.

Je défie les spiritualistes de m'expliquer l'existence du mal ici-bas; tandis que, d'après moi et ceux qui comme moi suivent de près la vérité et la logique, le mal est une harmonie, le mal est le père du bien.

— Ne crains-tu pas que ce système n'apporte une excuse à bien des crimes, à bien des fautes?

— L'excuse est tout apportée. Le méchant n'est pas conscient, c'est une ortie : il appartient à la société qui entoure le méchant et au propriétaire du champ où pousse l'ortie soit de l'utiliser, soit de l'améliorer par le croisement.

— En attendant, l'ortie pique et le méchant agit mal.

— C'est le combat pour l'existence ; si je n'ai pas le temps d'améliorer, ni le loisir d'utiliser, je coupe l'ortie et je supprime l'homme, soit par la guillotine, soit par la prison.

— Et si je suis assez adroit pour être criminel sans toucher à la loi ?

— C'est rare, mais alors on est puni dans sa conscience ; on se sait coupable et inutile ! Ce doit être un supplice affreux....

— En es-tu bien sûr ?

Le savant leva les yeux avec assurance vers ce ciel qu'il dépeuplait :

— Si je savais avoir fait du mal à quelqu'un, jamais plus je ne dormirais !

III

La fille du relieur n'était point théologienne. Bientôt elle fut à bout d'objections. Le premier volume de l'histoire des *Mythologies comparées* venait de paraître, et le succès avait été grand dans le monde savant. De Munich, de Halle, d'Iéna, de Gœttingen, de Bonn, d'Heidelberg, arrivaient les diplômes et les compliments.

Il est difficile à une jeune femme de

ne point s'associer à la célébrité et par suite aux idées de son mari ; comment supposer qu'un homme si renseigné sur toute espèce de sujets, si universellement consulté, qu'on saluait comme une nouvelle étoile dans le ciel de l'histoire conjecturale, se trompe de fond en comble? De plus, Jacques Beuvron avait un goût très-prononcé pour le prosélytisme et une nature de prédicateur; il écrasait la contradiction sous une abondance de textes, de raisons qui déroutait l'interlocuteur : les lectures, les travaux pour lesquels Amélie lui servait de secrétaire et de préparateur, étaient tournés bien entendu uniquement du côté du doute, de la négation. En deux ans le couple était parfaitement d'accord en ce qui concerne la philosophie ; une dernière fois Mme Beuvron eut une velléité de résistance quand son mari s'opposa très-vivement au baptême du petit garçon qui leur naquit au bout de dix-huit mois de ménage, en 1844.

— Quand même, — disait-il, — le baptême ne serait pas une cérémonie absolument inutile, nous n'aurions pas le droit de disposer de sa conscience dès le berceau. Si, par malheur, il se sentait un jour du goût pour le christianisme, il aura toujours la faculté de se faire baptiser.

Pour le moment, le père du nouveau-né rêvait de le porter au vieil Etienne Geoffroy Saint-Hilaire, pour que ce vénérable savant, à qui Beuvron savait beaucoup de gré de défendre l'unité des espèces, pût lui imposer les mains. La mort du rival de Cuvier s'opposa à cette fantaisie. Beuvron voulut alors que son fils portât le prénom de Lucrèce. Le grand poëte athée était le seul homme d'imagination auquel Beuvron daignât prêter quelque attention. Sa femme eut toutes les peines du monde à lui démontrer que l'usage a réservé exclusivement au sexe féminin le prénom de Lucrèce : elle repoussa également celui de Baruch, auquel Beuvron tenait parce qu'il a été porté par Spinosa. On se rabattit en dernière analyse sur celui d'Émile, auquel Rousseau a donné une teinte suffisamment philosophique.

Tant que l'enfant fut petit, il fut l'occupation et la distraction de sa mère ; le jour où il atteignit sa huitième année, Beuvron le conduisit dans un *real-schule* du grand-duché de Bade. Amélie resta seule et sentit un vide énorme se faire dans son cœur. M. Beuvron avait juste dix ans de plus qu'elle ; en réalité, ces dix ans en faisaient trente ou, pour parler plus exactement, ils n'étaient pas du même siècle. L'auteur des *Mythologies comparées* était un contemporain de Scaliger, de Juste Lipse et de Casaubon. Amélie, même gâtée par le pédantisme, était une contemporaine d'Alfred de Musset. A mesure que les années venaient, lui s'enfonçait de plus en plus dans le travail ; sa femme avait renoncé à vivre au milieu du dédale démesurément compliqué de sa science; une hépatite et une affection naissante de la vessie pouvaient seules l'arracher à la besogne, mais ne contribuaient point à le rendre aimable. Il geignait ou il pensait. Pas de milieu.

Bientôt un ennui mortel s'empara de Mme Beuvron, en même temps qu'un désir effréné de plaisir ou tout au moins de mouvement. Sa jeunesse, ses belles années dorées et étincelantes avaient été étouffées, éteintes dans l'égoïsme naïf et inconscient du savant Beuvron. Il ne semblait pas se douter qu'il pût y avoir ici-bas d'autres satisfactions que de lire des livres instructifs et de trouver des textes concluants. Le monde le fatiguait et l'ahurissait; les dîners en ville contrariaient son estomac, à qui il fallait des bouillons éternels et des beefsteacks indéfiniment renouvelés; quant aux soirées, il n'y allait que s'il espérait rencontrer quelque piocheur de son acabit et conférer avec lui sur un point litigieux.

Si peu propre que parût ce milieu à fournir des distractions à une femme qui atteignait la trentaine, qui sentait la sève de la santé s'extravaser en elle, qui demandait une revanche à la vie et qui était pressée de l'obtenir, si peu vraisemblable que fût l'existence d'un séducteur dans un cercle ultra sérieux et toujours occupé à découvrir quelque chose, Amélie Beuvron rencontra le tentateur et se laissa tenter.

Cela fut rapide. L'agent de perdition était un savant aussi, un philologue, d'âge moyen, mais extrêmement pétulant et vivace, élégant et fort répandu en dehors du monde en *us*. S'il n'avait été trop petit, M. Spérut eût pu compter d'assez grands succès. Sa taille lui nuisit, on ne le prenait pas toujours au sérieux. La première fois qu'il vit Mme Beuvron, il revenait d'un long voyage en Italie ; il avait, en malin accompli, pris une spécialité qu'il n'était pas facile de lui escamoter, il s'occupait des Osques.

Les dieux des Osques, la langue et l'alphabet des Osques, l'absorption des Osques par les Samnites, les monuments qui survivaient aux Osques et qui consistaient en un certain nombre de morceaux de pierre fort endommagés, telles étaient les matières sur lesquelles M. Spérut, récemment nommé officier de la Légion d'honneur et membre de l'Académie des inscriptions, avait faculté de discourir sans que personne pût contredire ou vérifier ses assertions.

Avec Amélie, qui lui plut à première vue, Spérut changea de sujet, ne fut plus Osque le moins du monde, parla de fêtes, de plaisirs et fit même un brin de poésie. D'un air confidentiel, il plaignit la vie monotone de Mme Beuvron et condamna l'égoïsme masculin, notamment celui d'un homme vieux avant l'âge qui prend une femme comme on prend une garde-malade ou un secrétaire.

— Vous connaissez donc ma vie ? demanda Amélie.

— Non, je la devine. N'est-ce pas cela ?

— C'est cela.

— Mon cher érudit, — interrompit Beuvron qui venait de parler inscriptions cunéiformes avec le dépositaire de cette spécialité et tombeaux de Corneto avec un autre spécialiste, préposé aux choses de l'ancienne Étrurie, — mon cher érudit, il faudra que je vous accapare toute une matinée pour que je vide vos Osques à fond; j'ai idée que vous me fournirez quelque argument contre leur Jéhovah!

Ce disant, il montrait le poing à quelque spiritualiste imaginaire. Amélie et Spérut échangèrent un regard.

— Cher maître, dit le philologue, je suis à vos ordres autant que vous le voudrez.

Le surlendemain, l'entreprenant petit homme était chez sa victime, et dans un billet musqué comme celui d'un dandy demandait un rendez-vous à Mme Beuvron. Il fut accordé. Huit jours plus tard, sa porte s'ouvrait à deux coups de sonnette maçonniques. Amélie était sa maîtresse.

En s'habillant avec soin pour aller chez Spérut, elle eut un moment d'hésitation; tout son passé si honnête, si calme, lui revint à la mémoire : elle se revit première communiante, tout en blanc, puis pénitente éperdue quand elle craignait d'avoir commis un péché, et se jetait aux pieds du prêtre pour retrouver sa robe immaculée.

— Étais-je folle? dit-elle.

Puis elle songea à son mariage, à son devoir. Son devoir... Est-ce que vraiment le devoir est de mortifier ses sens, d'étouffer ses désirs, de vivre en religieuse sans avoir la compensation du mysticisme, les sublimes visions du cloître et l'espérance de l'éternelle félicité. Allons donc! La femme de trente ans eut un sourire superbe en regardant ses belles épaules, ses longs cheveux, ses bras faits pour étreindre le bonheur, ses dents qui ne trouvaient point de pomme à croquer. Son regard tomba sur le portrait de son mari, corps chétif, œil éteint derrière des lunettes, crâne chauve, bouche et menton de singe; elle eut un accès de répugnance, presque de mépris contre le pauvre être dégingandé, flottant dans des habits qui ne semblaient pas faits pour lui...

Le sort en était jeté et Spérut triomphait. Amélie était éprise, intelligente, sa situation l'obligeait à beaucoup de mystère et de discrétion ; tout cela faisait l'affaire du philologue qui, de son côté, se montrait suffisamment amoureux, ingénieux à trouver des prétextes qui colorassent un peu la dissipation de Mme Beuvron. Elle alla au théâtre en baignoire fermée ; il y eut des parties de plaisir exquises, des repas fins et des soupers imprévus. Bref, Amélie se sentait très-heureuse. Pourtant parfois une angoisse la serrait à la gorge : ce bonheur ne durerait pas toujours, et elle resterait seule en face du célèbre, mais ennuyeux auteur des *Mythologies comparées*. Savant pour savant, pourquoi n'avait-elle pas été rencontrée et épousée par le sémillant Spérut? Alors la femme adultère pleurait et se prenait à haïr son mari.

IV

Les amours de Spérut et de Mme Beuvron duraient depuis trois ans sans nuage et sans obstacle. Le philologue, de l'aveu de Beuvron, servit de cavalier à Amélie pendant un voyage qu'elle fit en Allemagne pour aller voir son fils. Après la liberté de ce voyage et l'ivresse des longues promenades dans la Forêt-Noire, les deux amants eurent quelque peine à se gêner, et Amélie accumula les raisons pour être souvent loin de chez elle.

Tout enfoncé qu'était M. Beuvron dans les spéculations métaphysiques, il s'aperçut que sa femme sortait plus que de raison; une couturière qui vint lui réclamer une très-grosse facture contribua encore à lui inspirer de vagues soupçons; quand, après treize ans de ménage, une femme devient coquette, ce n'est pas sans une raison grave. Cela le préoccupa au point qu'il passa un jour sans travailler. Au bout de douze heures de méditations, il crut avoir trouvé un expédient, envoya solder la note de la couturière, la mit sous enveloppe et la remit un matin à sa femme.

— Ne penses-tu pas, lui dit-il d'une voix très-douce, que tu t'es laissée aller à une dépense disproportionnée avec nos moyens? Il me semble que j'ai connu jadis une Amélie plus sérieuse, moins frivole que celle d'aujourd'hui. Te rappelles-tu nos discussions théologiques ? Nous avons eu de bien bons moments.

— J'en conviens; mais, mon ami, j'ajouterai que mon cerveau a pris toute la théologie qu'il pouvait supporter; ton tempérament te permet la vie assise; le docteur Pelterie me disait hier qu'elle me tuerait; il ne faut donc pas t'étonner si je recule devant le suicide. On m'offre ce soir une loge pour une pièce nouvelle que jouent les Variétés. Il est bien certain que si je te demandais de m'y conduire, tu refuserais.

Beuvron acquiesça d'un signe de tête.

— Tu vois... Tout ce que je puis faire, c'est en effet de modérer mes dépenses. Ma toilette me coûte à peu près cent francs par mois. Je réduirai ces cent francs de moitié. On me verra dans des costumes qui ne te feront pas honneur, mais la femme d'un savant n'est pas tenue à l'élégance.

Beuvron ne répondit point. La méfiance la jalousie, une sourde colère tourbillonnaient dans ce cerveau si paisible, si bien équilibré. Le soir, il voulut suivre sa femme, mais la rue Saint-André-des-Arts est à deux lieues du boulevard Montmartre, pour un myope que grise le grand air et qui heurte les passants le long des trottoirs : le pauvre homme rentra assez penaud et tout à fait résolu à faire un grand coup.

Amélie avait dans sa chambre un petit bureau Louis XVI qu'il ne se rappelait point avoir jamais ouvert. Si elle cachait quelques secrets, c'était là qu'il en trouverait la trace.

Sans plus hésiter, Beuvron fit monter un serrurier qui crocheta le meuble. La première chose qui frappa les yeux du pauvre savant, ce fut le portrait de Spérut dans toutes sortes de poses, hautain, souriant, l'air amoureux, l'air dégagé, l'air sérieux et méditatif ! Il y en avait pour tous les goûts. Quelques lettres signées Léonce (c'était le prénom du philologue), témoignaient d'un amour depuis longtemps satisfait. Il n'y avait plus de doute. L'adultère était paisiblement installé au foyer de Beuvron.

Comment cela était-il arrivé ? Il n'en savait rien, il n'y pouvait croire. Tant de perfidie chez un homme qui avait restitué l'alphabet des Osques et démontré ses analogies avec les radicaux des langues aryennes, chez un homme qui lui avait fourni des données si concluantes sur le scepticisme osque ! Etre trompé à ce point par un savant, un confrère, un moraliste qui se piquait de lire Epictète et Marc-Aurèle, cela lui semblait honteux pour la linguistique, la philosophie, l'étymologie et autres sciences où brillait Léonce Spérut.

Et de plus, il était de l'Académie des Inscriptions, qui n'avait jamais voulu ouvrir ses portes à l'incrédulité voyante et affichée de Beuvron.

— Je tiens ma vengeance, pensa celui-ci dans un éclair de joie féroce ; je le guetterai, je ferai un procès. Il y aura un scandale énorme ; toute l'Académie sera déshonorée...

Et sa femme ? Etait-ce bien la première fois qu'elle le trompait ? Son enfant était-il bien le sien ? Doute affreux ! Certes il allait chasser l'indigne, mais alors comment vivrait-il ? comment se débattrait-il contre les fournisseurs, les domestiques, contre tout ce monde bruyant, banal et nécessaire ? Beuvron ne savait pas au juste où l'on vendait le beurre ; depuis si longtemps il trouvait tout prêt autour de lui, nourriture, vêtements, linge, qu'il voyait avec une profonde anxiété s'avancer le spectre de la solitude

La soirée se passa dans ces tristes méditations; vers une heure du matin, Beuvron entendit les portes s'ouvrir et se refermer; c'était Amélie qui rentrait. Elle le trouva accoudé sur la tablette fracturée du bureau et resta un moment abasourdie.

— Vous avez osé... balbutia-t-elle.

— J'ai osé et j'ai bien fait, ayant appris ce que je voulais savoir.

Il y eut un moment de silence; Beuvron attendait des aveux, des prières: peut-être eût-il pardonné. Amélie regarda son mari: ce front ravagé, ces yeux sans expression et sans vie, cette bouche édentée, ces traits déjà livides que contractaient encore la colère et qui faisaient penser à une tête de serpent, ce corps de valétudinaire grelottant sous le froid de la nuit, tout cela lui fit horreur: elle repassa en un instant sa vie passée, son ennui, son supplice: honnête, elle avait tant souffert!

Que serait-ce donc, coupable et convaincue d'une faute qu'un mari n'oublie jamais ? Elle se sentit prête à tout accepter, à tout souffrir, plutôt que de continuer à vivre aux côtés de ce vieillard qui la regardait en dessous, d'un œil à la fois irrité et sournois.

— Je vois avec plaisir, dit enfin Beuvron, que vous n'essayez pas de vous justifier.

— A quoi bon ?

— Vous n'avez même pas un regret ?

— Aucun ! j'ai suivi la loi naturelle. Je suis une primate, à sang chaud, ayant des sens parfaitement vivaces et un organisme vigoureux. Aviez vous jamais pensé à cela ? J'en doute. Et d'ailleurs, vous y eussiez pensé, qu'y eussiez-vous fait ? Je n'étais pas pour vous une femme selon la chair ; mais tour à tour une intendante, un secrétaire, une garde-malade. Voilà ce que vous me demandiez et ce que je vous i donné. Ma couturière seule a un peu revé votre budget; mais si peu ! Quant vos copies, elles sont en ordre. Hier ncore, j'ai corrigé des épreuves et vore tisane est préparée. Mon devoir se ornait à cela ; mais mon sang, mon imagination, mes muscles avaient à remplir leur rôle ; l'économie de ma vie animale s'atrophiait sans que vous y prissiez garde. Vous savez tout, Jacques, sauf ce qu'on peut dire à une femme jeune et bien portante. Le soir, quand il y a des étoiles au ciel, j'essayais de vous parler poésie; vous me répondiez par une note du savant Schweighæuser sur Athénée ; quand je vous embrassais, vous aviez une difficulté mythologique à résoudre... alors je vous ai laissé à votre penchant ! j'ai suivi le mien.

— Mais, malheureuse ! ce penchant coupable, vous ne semblez pas comprendre que c'est un crime !

— Un crime, qu'est-ce donc qu'un crime, s'il vous plaît ?... Voyons, répondez.

— Un crime, murmura Beuvron, absolument interloqué, un crime..... c'est une manière de nuire aux autres.

— Eh bien ! en quoi mes relations avec M. Spérut vous nuisent-elles ? Je lui donne de moi tout ce qui vous est inutile, tout ce que vous ne réclamez jamais, tout ce dont vous semblez même ignorer l'existence. Vous n'aviez qu'une chose à redouter : l'intrusion d'un enfant étranger dans votre maison ; ici, je fusse devenue malhonnête, coupable, j'eusse été une vulgaire voleuse...

— Vous osez parler d'enfant, et vous oubliez le vôtre.

— Le mien ! mais ne l'avez-vous pas pris ? Tant que je l'ai eu près de moi, j'ai pu tromper ce besoin d'aimer qui me dévorait ; j'ai pu imposer silence à mes sens ; vous ai-je assez longtemps supplié de me laisser ce petit être qui me servait d'égide et de consolation contre votre indifférence, vous n'avez pas voulu. Soit ! votre volonté a été faite.

— Savez-vous que je vous admire ? Je ne crois pas avoir rencontré une créature humaine où la voix de la conscience soit muette comme chez vous. Vous êtes vraiment une curiosité philosophique.

— Je vous répète que ma conscience ne me reproche rien, absolument rien ! Vous m'avez démontré bien des fois qu'on porte la morale en soi ; qu'elle est réglée par les mœurs et par la loi naturelle. Les mœurs et la loi naturelle veulent qu'une femme de trente ans ne soit pas transformée en vieux bibliothécaire. J'ai subi la contrainte physique dont vous m'avez savamment démontré les lois, j'ai obéi à la nature, c'est vous qui l'avez violée.

Peut-on travestir ainsi mes enseignements! s'écria Beuvron avec fureur.

L'adultère disparaissait, il ne voyait plus que le disciple infidèle.

— Ne vous ai-je pas répété que toute la morale était contenue dans cet axiome du pharisien Hillel, repris par le rabbi de Nazareth: « Ne fais pas à autrui ce que tu ne voudrais pas qui te fût fait? »

Amélie eut un rire amer.

— Ah! votre précepte tombe mal! Je vous jure que vous auriez pu me tromper sans que je daignasse m'en apercevoir.

— Fort bien! Vous ne pensez pas sans doute que nous allons prolonger cette discussion déplacée. Demain vous quitterez ma maison.

— La loi vous donne le droit de me

chasser; ne craignez rien, je ne résisterai pas et je m'en irai le front haut sans accepter la flétrissure que m'imposent les nécessités sociales; je ne suis pas une coupable, mais une victime. Et maintenant, monsieur, pour la dernière nuit que je passe sous votre toit, laissez-moi seule.

Jacques se leva machinalemant et s'en alla suffoqué, anéanti. Cette impudence, cette sérénité dans l'erreur, ce sang-froid dans la discussion le terrifiaient.

— Comment une femme bien douée ayant été dirigée par lui, pouvait-elle oublier si profondément les règles de la morale et les vérités empreintes par la loi naturelle dans tout cœur civilisé?

La loi naturelle serait-elle insuffisante?

A force de se répéter cette question, de la méditer sous tous les aspects, le brave philosophe crut avoir trouvé une solution, et cette trouvaille suffit presque à le consoler.

Il s'expliqua la perversité d'Amélie par le défaut primordial de son éducation catholique ; elle avait péché en vue du pardon final et de la contrition parfaite ! la loi naturelle n'avait pu prévaloir contre les vieilles erreurs.

Donc la loi naturelle était sauve, et Jacques Beuvron s'endormit à moitié consolé.

Le lendemain, maître Balottet, avoué de la famille Beuvron, reçut la visite de Jacques.

Le pauvre savant rougit comme une demoiselle quand il fallut expliquer à ce gentleman fin, demi-souriant, comme quoi le plus profond des mythologues français avait été trompé par une péronnelle, fille de relieur, diplômée pour l'amour de Dieu, incapable de comparer le Rig-Véda et le Zend-Avesta.

Extravagant comme tous les gens tranquilles lorsqu'ils sont une fois sortis de leurs gonds, l'auteur des *Mythologies* rêvait un procès qui fît époque. Le portrait et les lettres qu'il avait en sa possession lui paraissaient une preuve suffisante pour diriger des poursuites contre M. Spérut.

— Ce freluquet, ce charlatan, ce sauteur me le paiera, s'écriait-il. Il est cause de tout !... Ah ! le bandit, l'hypocrite qui venait chez moi me faire des révélations sur les Osques et des suppositions sur les Atellanes ! qui profitait de ma confiance pour me voler ma femme ! Et dire que je les ai laissés voyager en Allemagne : suis-je assez bête ! Mais j'aurai ma revanche à tous les points de vue, comme mari et comme savant... J'ai revu ses notes hier matin, elles étaient purement conjecturales. Je parie qu'il n'est pas capable de me dire bonjour en osque, il ne sait pas l'osque, il ne l'a jamais su, il n'y a que Mommsen et Friedlander qui le sachent; j'irai les trouver et ils le confondront, ce scélérat... N'est-ce pas votre avis, cher maître ?

L'avoué Balottet, toujours à demi-souriant, mit près d'une heure à calmer Beuvron et à lui démontrer que la satisfaction de faire condamner Amélie et Spérut comme adultères ne vaudrait pas la perte de temps et la dépense de substance cérébrale nécessitées par de pareils scandales. Il le chapitra aussi sur la nécessité de ne pas livrer en pâture à la malice de ses innombrables ennemis philosophiques, les malheurs de sa vie privée, malheurs respectables assurément, mais auxquels l'opinion a attaché un injuste ridicule.

Beuvron réclama tout au moins un procès en séparation.

— Comme avoué, je devrais vous ĕncourager dans cette voie, dit maître Balottet; comme ami, laissez-moi encore vous dissuader d'entreprendre un procès dont la durée moyenne est de deux ans, avec les enquêtes et les appels, qui pendant ce temps vous ôtera toute tranquillité, où vous serez extrêmement maltraité par l'avocat de la partie adverse. De toute façon, ce procès fera autour de vous une notoriété tapageuse et de mauvais aloi, dont vous serez le premier à vous repentir.

— Que faire alors?

— Vous allez vous récrier. Ce qui me paraîtrait le plus raisonnable serait, si de son côté Mme Beuvron s'y prête, une séparation à l'amiable; quand vous vous êtes marié, le notaire vous a engagé à constituer à votre femme une dot de quarante mille francs. Qu'elle

l'emporte et vous laisse tranquille. Reprenez votre fils, dont la tutelle la gênerait et qu'elle ne réclamera certainement pas. Sauf vos plus intimes amis, personne ne se doutera de votre aventure, et quand vous verrez les choses d'un œil plus froid, vous ne regretterez point de n'avoir fait aucun esclandre.

Après quelque résistance, M. Beuvron se rendit à l'avis ouvert par l'avoué et laissa celui-ci régler les arrangements ultérieurs avec Amélie, qui avait trouvé un refuge chez la sœur de Spérut; quant à lui, il prit le chemin de fer et alla voir son fils à Carlsruhe.

— Garçon intelligent, mais paresseux, lui dirent les professeurs, nous n'avons rien pu en faire.

En effet, on amena au savant un petit être crépu, mal peigné, mal lavé, brun, remuant, qui après avoir embrassé son père se mit à jouer à saute-mouton sur le fauteuil où il était assis.

Il ne lisait que quand il y était forcé, écrivait comme un chat : le reste était encore lettre close pour lui.

— T'a-t-on jamais parlé de Dieu ? demanda Beuvron.

— On dit qu'il est là-haut, répondit le jeune Emile avec insouciance.

— Crois-tu en Dieu ?

— Je ne sais pas.

— Sais-tu ce que c'est que la morale ?

— La morale !.... Non ! je ne sais pas.

— Quel bonheur ! s'écria le père avec enthousiasme. Un esprit neuf ! pas une idée fausse, un enfant qui dit hardiment : Je ne sais pas ! J'en ferai un homme selon la loi naturelle.

L'auteur des *Mythologies* emmena son fils à Paris et commença alors une tâche difficile, qu'il remplit avec un zèle infatigable. Il se fit à la fois la mère, l'ami et l'instituteur du farouche petit bonhomme. Doublant sa besogne sans hésiter, il joignit à ses travaux de philosophie et d'érudition ceux de la pédagogie la plus minutieuse et selon lui la plus perfectionnée. Il passa des nuits à confectionner des méthodes réformées pour l'étude des langues anciennes et modernes, ainsi qu'à préparer un cours d'histoire selon les conjectures et les découvertes les plus récentes. Il s'attachait surtout à éliminer l'élément légendaire, imaginatif et spiritualiste : ce travail historique, qui prenait le monde à l'état de nébuleuse et le continuait jusqu'en 1851, fut même le point de départ du grand travail qui a rendu Beuvron si célèbre parmi les modernes iconoclastes : l'*Essai sur la cellule primordiale*. Il figurait, en effet, au premier rang de ceux qui soutenant jusqu'à ses extrêmes limites la doctrine de l'unité des espèces, remplacent la création par l'évolution et remontent de l'homme au gorille, du gorille au kanguroo, du kanguroo au castor, du castor au phoque, du phoque à l'esturgeon, de l'esturgeon à la sole, de la sole à l'actinie, de l'actinie à la méduse, de la méduse à l'éponge, de l'éponge au foraminifère, du foraminifère à la cellule, de la cellule à l'inconnu.

Mais le chef-d'œuvre auquel il travailla avec le plus de prédilection et de longueur de temps fut un catéchisme de morale matérialiste. Ce petit cahier achevé, Beuvron eut un accès d'immense jouissance.

— Si je ne suis pas encore arrivé juste à la vérité, pensait-il, je n'en suis pas loin. Le monde saura, quand mon fils sera grand, ce qu'on peut faire d'une nature vierge avec des principes méthodiques et une doctrine qui ne laisse rien au hasard.

L'éminent philosophe résista même

au désir si naturel de répartir sur ses contemporains le dosage de la certitude atteinte par lui.

— J'attendrai, disait-il, qu'Emile soit majeur.

Sauf les mathématiques, auxquelles Beuvron n'avait jamais mordu, la gymnastique, la natation et l'équitation, Emile apprit tout à domicile, sous une règle invariable et inflexible. Les exercices du corps lui tenaient lieu de récréation pendant quatre heures : Beuvron, de l'avis de plusieurs médecins, ayant restreint à huit heures la durée du sommeil nécessaire, l'enfant devait supporter douze heures de travail par jour ; mais comme ces rudes études étaient pondérées, variées, habilement coupées, il parvint à y résister.

Au bout de huit ans, quand Emile atteignit sa dix-neuvième année, Beuvron put croire qu'il avait achevé son monument. Le fils savait une multitude de choses ; à tel point que le père eut un instant d'embarras. Quelle carrière lui donnerait-il ? Il le voyait sur le chemin de toutes les professions, mais sans être spécialement propre à aucune.

Les notions de philosophie morale et religieuse étaient absolument absentes de ce jeune cerveau, où se développa naturellement une vanité formidable : Emile croyait, à force de l'entendre dire, qu'il était avec son père, M. Buchner, M. Darwin, M. Vogt et M. Moleschott, un des neuf ou dix êtres organisés qui savaient à quoi s'en tenir sur la destinée humaine et sur la prodigieuse infériorité du reste des bimanes.

La doctrine du père, entièrement adoptée par le fils, était simple : le monde était organisé pour le combat, par la sélection, comme disent les naturalistes. De même que les formes primitives des vertébrés et des mammifères avaient été modifiées par le changement de l'atmosphère ambiante et des conditions climatériques, la lutte, qui faisait la loi des anciens jours, s'était transformée au point de devenir méconnaissable pour des yeux peu clairvoyants et de s'appeler désormais l'INTÉRÊT.

Quand l'excellent Beuvron, si désintéressé, si sobre, qui vivait de légumes et de textes, qui piochait sans relâche, prononçait ce mot l'*intérêt*, il lui donnait une ampleur exagérée, une valeur dogmatique, il le scandait tantôt avec respect, tantôt avec émotion, il le considérait comme le véhicule du progrès et l'instrument même non point de la création, — opération qu'il repoussait — mais du transformisme universel; il était tout fier — on le voyait — d'avoir découvert cette loi nouvelle, et disait parfois que le travail de l'avenir serait, en identifiant l'intérêt personnel à l'intérêt social, de supprimer à la fois le mal et la peine.

Pour le moment, il était bien obligé de laisser subsister le premier et de se soumettre au second.

VI.

Émile Beuvron avait constamment comblé son père d'une satisfaction sans mélange, lorsqu'un jour il lui demanda en vertu de quel principe l'intérêt personnel devait s'absorber dans l'intérêt social.

— Mais en vertu des réglements constitutifs des sociétés.

— Ces réglements, n'est-ce pas, ont été faits par des hommes comme nous?

— Certes.

— Ne penses-tu pas, mon cher père, qu'ils sont bien anciens et qu'il est assez difficile de trouver leur justification ?

Le savant s'évertua à faire comprendre à son fils que la soumission de chacun à la loi existante était une affaire de réciprocité; qu'on s'abstenait, par exemple, de voler le voisin, pour être bien sûr de n'être pas volé soi-même.

— Mais, moi je me défendrai. Que le voisin se défende aussi.

— Tu oublies les gendarmes, petit polisson, s'écria le père ravi de voir son fils faire de la métaphysique.

— Si tu veux, papa, je te demande la permission d'étudier la philosophie positive tout seul pendant six mois. J'ai des doutes.

Ce ne fut plus du ravissement, mais

le l'ivresse. L'enfant avait l'esprit critique!

Au bout de six mois, l'enfant avoua que ses doutes n'étaient pas encore résolus et signifia à son père que ses organes avaient besoin de plus de liberté qu'ils n'en avaient joui jusqu'alors.

Beuvron comprit et frémit. L'expérience était difficile. Un instant il songea à la diriger, mais il eut conscience de sa profonde incompétence en ces matières, et s'en remit tant à l'esprit critique et analytique du jeune homme qu'à l'excellence des doctrines dont il avait meublé son cerveau.

L'expérience se traduisit d'abord par des demandes d'argent.

— Ah dame! se dit le positiviste, il faut m'attendre à faire quelques sacrifices; je restreindrai mes achats de livres ou j'écrirai quelques études en plus : quand l'enfant aura jeté sa gourme, nous déterminerons ensemble la voie où il doit entrer, devenir homme et en défendant son propre intérêt, faire les affaires de l'intérêt collectif.

Un jour, Émile vint trouver son père et lui dit à brûle-pourpoint :

— J'ai vu ma mère hier.

Une horrible pâleur couvrit les traits ravagés de M. Beuvron : depuis huit ans et six mois environ, jamais personne n'avait parlé devant lui de la maîtresse de Léonce Spérut.

— Tu sais, murmura-t-il d'une voix étranglée, que cette femme t'a abandonné sans remords.

— Elle m'a expliqué cela; elle me connaissait fort peu. Tu as été bien dur pour elle!

— Quand tu sauras ce qui s'est passé...

— Je le sais : ma mère a un esprit supérieur; je lui ai fait comprendre ue je pouvais tout entendre, et elle a out dit.

— Vraiment! eh bien! moi, au nom e mon autorité de père de famille, au om de la tendresse que j'ai eue pour oi, des soins incessants dont j'ai enouré ton corps, des connaissances dont 'ai doué ta substance cérébrale, ne ne parle jamais de ta mère, jamais! amais?

— Pourquoi?

— Pourquoi, malheureux!... Oh! que tu me fais souffrir? Pourquoi... C'était une créature perverse.

— Voilà un mot bien vite dit. Perverse en quoi?

— Une fois encore, je te défends de continuer sur ce sujet.

— Se fâcher n'est pas répondre. Je maintiens qu'avant de punir les natures déclarées perverses (par qui? en vertu de quels principes immuables?), il faut rechercher les raisons de cette perversité; il faut surtout connaître les causes : si la créature est perverse de naissance, ou par voie d'hérédité, de quel droit lui refuser la satisfaction d'instincts aussi sacrés que l'aboiement du chien, de facultés aussi naturelles, aussi involontaires que le venin du cobra-capello et l'appétit du tigre ?...

— Du moment que le pervers pratique, j'ai droit de le frapper au nom de l'intérêt collectif et social.

— Peste ! comme vous y allez ! Mais il me semble, au contraire, que si nous comparons le coupable qui a obéi à sa passion au tribunal qui, froidement, sans colère apparente, choisit le meilleur supplice pour le torturer, le beau rôle n'est pas du côté du tribunal.

— Malheureux ! mais avec ces doctrines, tu déshonores le matérialisme et la sublime théorie de l'*Intérêt*.

— Non, je suis logique. Il faut vous dire que j'ai fait beaucoup de logique pendant ces derniers temps : je l'applique.

— Et... la... personne dont tu m'as parlé t'a-t-elle chargé d'une commission pour moi ?

— Du tout! elle t'a en horreur; j'ai voulu simplement te transmettre une impression personnelle. Au revoir, je vais au cours d'anatomie... Quand je pense qu'il y a des gens qui croient à l'âme... à l'âme immortelle, j'ai des accès de gaieté folle!

Ce singulier entretien attrista beaucoup M. Beuvron. Comment l'instinct n'avait-il pas averti Émile du chagrin qu'il allait faire à son père? Avec la méthode qu'il apportait dans les moindres choses de la vie, celui-ci se mit à analyser les mobiles possibles de l'étrange action de son fils et, au bout d'une heure de méditation, il se sentit rassuré en découvrant que probablement le jeune homme avait été entraîné par un instinct filial persistant : malgré les fautes passées, Émile aimait sa mère, et M. Beuvron s'applaudit de penser que cet enfant avait bon cœur. Néanmoins il redoutait pour lui les dangers de l'oisiveté et, à la première occasion, il l'engagea vivement à choisir une profession.

Émile eut un air d'hésitation.

— C'est que, dit-il, le travail est bien contraire à mes instincts. D'ailleurs, n'as-tu pas une fortune indépendante qui doit me revenir un jour, d'après une loi de succession que je ne trouve pas parfaitement juste, mais dont j'aurais mauvaise grâce à me plaindre.

— Certes, je te laisserai intact le capital que j'ai reçu de mon père; mais j'ai fait de grands sacrifices pour achever ton éducation, pour aider à tes petites folies de jeune homme.

— Bon ! vas-tu me reprocher maintenant les bontés que tu as eues pour moi? Remarque d'ailleurs que si tu m'as élevé avec un soin que je me plais à reconnaître, tu y trouvais ton plaisir. Je me rappelle les joies d'égoïste avec lesquelles tu m'embrassais lorsque j'avais répondu selon tes goûts ou écrit une composition française qui t'agréait. C'est pour toi, je te l'assure, autant que pour moi, que tu t'es donné tant de mal.

— Quelle sagacité! pensa Beuvron. Il y a du vrai dans ce qu'il dit là. La doctrine inéluctable de l'*Intérêt* se retrouve au fond de nos actions en apparence les plus dégagées de tout alliage inférieur. Les paroles, l'allure, la froideur de mon fils m'irritent, mais c'est chez moi un reste de préjugé... Émile est bien l'homme de demain.

— Il ne s'agit pas seulement de cela, reprit-il tout haut, longtemps j'ai ignoré le prix de l'argent, comme tu as l'air de l'ignorer encore toi-même; aujourd'hui, je connais mieux les nécessités de la vie et ma fortune ne suffirait pas à te donner les satisfactions — tranchons le mot — les plaisirs dont je te crois avide un peu plus que de raison. Il faut donc que tu travailles plus ou moins pour te les procurer.

— En effet, répondit Émile d'un air ennuyé, deux cents francs par mois comme argent de poche, c'est mesquin.

— Mais jadis je vivais très-bien avec quatre-vingt-dix francs; là-dessus je payais mon loyer, ma nourriture, et j'avais toujours quelques sous d'économie.

— Oh! ces souvenirs doivent remonter bien haut. Et puis les instincts, les besoins, en venant de toi à moi, se sont raffinés, suivant les lois de la sélection naturelle; le rhinocéros, l'éléphant, sont mieux proportionnés, plus exigeants que le mégathérium; de même les fils veulent autre chose que les pères. Tu as raison, d'ailleurs, et je réfléchirai à ta sage proposition.

— C'est dans ton intérêt, mon fils, que je te parle, dans ton *intérêt*, répéta Beuvron avec solennité.

VII.

Amélie Beuvron avait si bien disparu de l'orbite où roulait l'existence de son mari, elle avait eu si peu d'influence sur son fils, que nous l'avons laissée complétement à l'écart. Qu'avait-elle fait depuis la nuit où l'auteur des *Mythologies* l'avait chassée de son foyer déshonoré? Grâce à la combinaison pécuniaire imaginée par maître Balottet, avoué, elle avait pu garder les dehors de la décence mondaine; plus tard, l'héritage de son père, le vieux relieur, encore bien que petit, grossit légèrement son pécule. Pour le reste, elle mena la vie de toutes les déclassées, dans un milieu de femmes qui n'étaient plus mariées et de demoiselles qui l'avaient été.

L'élégant M. Spérut, redoutant que le scandale ne nuisît à sa philologie et à sa linguistique, profita de la séparation intervenue entre M. et Mme Beuvron pour se retirer discrètement dans son fromage osque. Amélie se consola, et une série de consolations l'amena aux approches de la quarantième année. Un jour, prise de ce vague besoin de tendresse honnête que ressentent les cœurs blasés par les amours scabreuses, elle songea à son fils, parvint facilement à le voir, puis un beau jour le fit amener chez elle.

Ce jeune homme était si terriblement à son aise, il paraissait déjà si avancé dans la vie que la mère eut un moment de terreur, presque d'horreur; mais la pécheresse reprenant le dessus, elle se rassura vite, se disant qu'en somme cela vaudrait mieux, qu'elle n'aurait point à rougir devant son fils. Celui-ci, en effet, lui fit comprendre qu'il attribuait ses erreurs passées à la fatalité des instincts et se laissa très-volontiers aimer par elle. Comme il la tenait pour experte aux choses de ce monde, il lui demanda des conseils sur le moyen de vivre bien et de violenter la fortune. Amélie, qui n'y voyait pas très-loin, crut faire merveille en usant de ses relations pour associer Émile à un spéculateur connu qui faisait des élèves.

Quand le jeune homme apprit à son père qu'il se lançait dans les affaires de Bourse, les spéculations de terrains (on était alors en 1864, au moment le plus ardent de la bâtisse haussmannesque) et les chemins de fer de Paris à Tombouctou avec tunnels sous-marins, le vieux savant crut rêver.

— J'ai la bosse de l'acquisivité et celle de la combativité, répondit Émile aux doléances de son père, je suis donc outillé par la nature pour les entreprises auxquelles je m'attache, et je ne me reconnais pas le droit de me soustraire aux nécessités de mon organisme.

— Ton organisme m'inquiète un peu, mon enfant. Es-tu bien sûr de ne pas exagérer ses exigences ?

Émile sourit sans répondre; un an ou deux se passèrent qui parurent justifier ses théories : on le citait en effet comme un prodige d'aplomb et d'équilibre, la Bourse le vénérait, les hommes d'affaires les plus notables le traitaient d'égal à égal, quelques vieux routiers seuls l'observaient avec défiance. Il avait quitté la maison paternelle et avait meublé un petit appartement de garçon au centre de Paris ; il condescendait néanmoins à visiter son père une fois par semaine à peu près. M. Beuvron, à vrai dire, était très-froissé par le ton, les manières et l'existence de son fils ; rien ne lui paraissait moins philosophique que cette existence d'entreprises, ce luxe soudain et toutes les dépravations qu'il supposait ; il se demandait parfois avec amertume pourquoi une éducation si perfectionnée, si prolongée, si admirablement soutenue par les plus récents appareils d'orthopédie philosophique, avait ainsi tourné court ; mais le savant vieillard, absorbé par la préparation du dernier volume des *Mythologies comparées* et surtout d'un résumé où il avait condensé les idées et les recherches de toute sa vie, fermait plus volontiers que jamais les oreilles aux bruits du dehors.

Un jour qu'il repolissait ce résumé pour la vingtième fois, sa domestique vint le prévenir qu'une dame en deuil, déjà âgée, qui disait se nommer Mme de Miolenc, demandait à le voir. Il fit introduire cette visiteuse.

— Monsieur, dit-elle, vous allez bien vite excuser la singularité de ma démarche et comprendre le sentiment qui m'amène chez vous. Je suis mère, j'ai une fille, et votre fils l'a indignement séduite. Ai-je besoin de vous dire que maintenant il l'a abandonnée et qu'il ose nous parler d'argent en échange de l'honneur qu'il nous a pris ? Nous sommes pauvres, monsieur, mais plutôt que d'accepter cet argent...

Ici les larmes coupèrent la parole à la pauvre femme. M. Beuvron lui-même se sentait singulièrement ému.

— Mon fils a fait cela, mon fils a fait cela ! répétait-il d'une voix machinale.

Puis il se fit raconter comment Céline de Miolenc était devenue la maîtresse d'Émile; il l'avait rencontrée, il l'avait suivie, comme Faust avec Marguerite; elle était jolie, faible et tendre; il était pressant et semblait amoureux. Que dire de plus? Cette histoire banale ressemblait à mille autres, aussi simples et aussi dramatiques cependant.

La pauvre Céline était enceinte, et son séducteur avait nettement refusé de réparer sa faute; pour ces deux femmes, pauvres et déchues, qui vivaient d'une mince pension et de revenus imperceptibles, il ne pouvait rien y avoir de plus atroce que cette idée du déshonneur. Mme de Miolenc venait supplier le père d'Émile de le rappeler à son devoir.

La naïveté même de cette démarche en indiquait la sincérité; d'ailleurs, l'âme simple du vieux Beuvron ne s'ouvrait pas facilement au soupçon.

— Je vous avoue, dit-il à Mme de

Miolenc, que votre visite me contrarie autant qu'elle me touche. Émile est bien jeune pour se marier; il a vingt et un ans à peine; ensuite son caractère est peu maniable; il fera un détestable mari... Pourtant, comme je ne transige jamais avec le devoir, je vous certifie qu'il épousera votre fille, si vous l'exigez. Peut-être agirait-elle plus sagement en renonçant à des espérances...

Les larmes de Mme de Miolenc redoublèrent.

— Je n'insiste plus, reprit-il. Madame, en attendant que mon fils vous demande pardon lui-même, je vous le demande en son nom.

Pendant que la mère s'en allait rassurée et confiante, M. Beuvron rêvait tristement.

— Mon fils, pensait-il, a le tempérament d'Amélie et le même organisme sans doute. Preuve concluante de l'hérédité des facultés, de la localisation de ce qu'ils appellent l'âme! Telle mère, tel fils... Il est pourtant singulier et fâcheux que ce méchant garçon ne tienne point sa nature de moi... Avec la direction que je lui ai donnée, quel homme il fût devenu!... D'où vient encore une fois que mes molécules n'aient rien transmis aux siennes? Le hasard, dira-t-on, non! Il doit y avoir là une loi pathologique que je soumettrai à mon éminent ami Robbins... peut-être ai-je trop négligé mes esprits animaux?...

Le savant ne sortit de sa méditation que pour écrire à son fils une lettre assez sèche et le prier de venir le voir.

— Connais-tu Mme de Miolenc? lui dit-il dès qu'il l'aperçut.

— Oui! c'est une assez aimable femme qui a de l'éducation et du tact, répondit placidement Émile.

— Et Mlle de Miolenc?

— Jolie, très-jolie personne. Romanesque et sentimentale, mais cela me reposait d'aventures plus épicées et plus vulgaires en même temps.

— Alors, tu ne fais aucune objection à faire de l'une ta belle-mère, de l'autre ta femme ?

— Comment! je ne fais aucune objection?... Mais j'en fais beaucoup, au contraire, j'en fais énormément des objections. Je n'entends point me marier.

— Il le faut cependant.

— Comment dis-tu cela ?

— Je dis qu'au nom de la morale sociale...

— Je ne sais pas ce que c'est que la morale sociale; ça n'existe pas! C'est bien la peine vraiment de supprimer l'âme, la foi, l'idéal et autres calembredaines pour les remplacer par de nouveaux fantômes! Je demande à savoir où réside la morale sociale, à la voir, à lui être présenté, à causer avec elle, à entendre les bonnes raisons qu'elle me donnera pour me démontrer mes torts. Provisoirement, et en attendant sa révision que je veux croire prochaine, — car il est fort suranné, — le code est pour moi toute la morale sociale. Le code m'ordonne-t-il d'épouser Céline de Miolenc ?

— Mais la loi naturelle...

— Autre être de raison, également inconnu au bataillon. Si cependant on entend par là les indications que me fournissent mes sens et mes instincts sur la préférence à donner à tel ou tel objet, j'ai en effet obéi à la loi naturelle en choisissant Céline pour maîtresse.

— Mais cette jeune fille, tu l'as déshonorée !

— L'union libre n'est point un déshonneur, mais une forme nouvelle du rapprochement des sexes auquel l'avenir pourrait bien appartenir, je le dis en passant. Tes hardiesses philosophiques, mon cher père, sont encore bien timides par certains côtés, tu ne connais pas assez la pratique des choses.

— C'est possible, et je m'en vante; mais précisément parce que je reste étranger à cette « pratique des choses, » je les juge mieux et je dis tout net qne tu es en train de faire une infamie.

— Quelle exagération! On dirait que j'ai abusé de l'innocence d'une enfant qui venait de naître. Mlle Céline a vingt ans; elle sait ce que c'est que le monde; elle s'est donnée à moi librement, parce que cela lui faisait plaisir, — comme à moi, d'ailleurs. — Je ne nie pas lui avoir parlé de mariage, mais ce sont là de ces ruses de guerre auxquelles on a recours dans le combat de l'existence. Mlle Céline avait un moyen bien simple d'éviter la situation dont elle se plaint: c'était d'ajourner ses bontés pour moi jusqu'après le sacrement. Il va sans dire que j'eusse en ce cas renoncé à l'honneur d'être aimé par elle; mais, en l'état, je ne la crois pas fondée à élever la moindre réclamation.

— Je vois avec désespoir que le sentiment de l'honneur t'est tout à fait étranger.

— Distinguons; je suis tout prêt à offrir à Mlle de Miolenc la seule réparation raisonnable, c'est-à-dire un dédommagement pécuniaire dont il nous restera à débattre le chiffre. Là, j'espère que j'agis en galant homme... Le système de la composition à prix d'argent arrange tout, malgré son origine barbare. Les lois modernes, qui font les fières quand il s'agit de leurs sources, oublient que les dommages-intérêts, les dépens et autres combinaisons semblables descendent en droite ligne du *Wehrgeld* germain. Au point de vue de la doctrine de l'intérêt dont je t'ai souvent entendu faire l'éloge, mon cher père, ma conduite est, je le répète, inattaquable.

— Pauvre fille ! pauvre enfant qui va naître, à quel sort sont-ils réservés tous deux ?

— Comme toi, je ne puis me défendre d'une certaine émotion quand je vois les fatalités de la vie, les cruautés du destin atteindre d'innocentes créatures. Que veux-tu ? c'est le grand combat pour l'existence, c'est l'application de la loi de la sélection naturelle qui se poursuit à travers le monde, pour dessiller les yeux des aveugles qui ne veulent pas la chercher et la trouver dans l'histoire du globe. Il faut, aux êtres doués, comme je le suis, d'une force d'expansion, d'une vitalité difficiles à satisfaire, un large champ d'expériences et d'action ; tant pis si, sur ma route, je broie quelque organisme plus faible que le mien. C'est ainsi que des milliers de formes inférieures ont disparu de la planète qu'elles eussent encombrée, et qu'ont pu naître, grandir et s'affiner les vertébrés sublimes, chimpanzés ou gorilles, de qui nous sommes descendus... Tu as raison, mon père ; il est tout à fait regrettable que cette pauvre Céline se soit trouvée sur mon chemin !... A quelle somme pourrions-nous liquider mes obligations à son égard ?

M. Beuvron avait caché sa figure dans ses mains, comme si la vue de son fils lui faisait horreur ; il sentait que ce jeune misérable finirait mal. Mais, philosophiquement parlant, il le trouvait bien installé et presque inexpugnable dans l'abominable doctrine qu'il s'était faite.

L'erreur — ou la supériorité — d'Emile consistait à rejeter certaines abstractions dont lui, Beuvron père, avait toujours tenu compte à la faveur de je ne sais quelle lueur morale. Qui avait tort, du père ou du fils ?

Telle était la naïveté du vieux savant, qu'il eut besoin de réfléchir avant de condamner définitivement son fils. C'était un pervers pratiquant, entré en lutte avec un système social qu'i n'avait encore outragé que dans ses rouages inférieurs, mais qu'il tenterait d'affronter dans ses manifestations les plus solennelles. Emile serait infailliblement sacrifié à la loi de conservation générale. M. Beuvron regarda le jeune homme qui, l'œil ironique et le sourire railleur, fumait tranquillement une cigarette. Il le vit alors comme dans un rêve, couvert de la livrée de l'infamie et gravissant les marches de l'échafaud, au milieu des huées de la foule.

— Va-t-en, dit-il, d'une voix brève, je crois bien que je n'ai plus de fils.

— Si tu revois ces dames de Miolenc, répondit Emile, dis-leur que je mets ma bourse à leur disposition, dans

ıe proportion raisonnable. Adieu.
Il s'en alla paisiblement à un ren-
:z-vous d'affaires et rencontra une
ıuvre mendiante qui, accroupie dans
ıngle d'une porte, s'efforçait d'émou-
›ir la pitié des passants en montrant
ı petit être chétif, dont les yeux, gros
luisants comme des billes d'agate,
urnaient sans voir dans leur orbite.
e malheureux enfant portait sur la
ɔitrine une pancarte où étaient ins-
its ces mots : *Aveugle de naissance.*

— Cet enfant est né ainsi ? demanda
mile à la mère.

— Oui, monsieur.

— Et vous ne l'avez pas tué au ber-
:au ? Cela eût mieux valu pour vous
pour lui.

La pauvresse fit un signe de croix
ɔmme si Satan avait parlé : Emile lui
ndit une pièce de vingt francs ; elle la
ɔntempla avec envie, mais la repoussa
ı disant :

— C'est peut-être de l'argent mal gagné. Un honnête homme ne m'aurait pas parlé comme ça.

— Comment peut-on aimer un petit monstre pareil ? — pensait le jeune positiviste. — Ah ! j'y suis ! c'est comme gagne-pain. Et dire que si cette malheureuse avait détruit cet avorton, la vindicte des lois l'atteignait ! Lois à refaire ! Lois à refaire !

VIII

On ne sait pas combien un homme qui a inventé un système peut tenir à son invention. Pour rien au monde, M. Beuvron n'eût avoué, ni même admis en son for intérieur, que la méthode d'éducation employée par lui eût contribué à faire du jeune Emile le méchant garçon qu'il était.

Tout au contraire, il persistait à reconnaître qu'il avait opéré sur un terrain vierge, dans des conditions à peu près uniques d'isolement : c'était donc le terrain qui était mauvais.

Au premier aspect, cette solution mettait d'accord le philosophe systématique et le père de famille indigné. Mais supportait-elle une très-longue réflexion ?

Tout terrain peut s'amender par la culture, le terreau, les engrais, les assolements ; or, rien n'avait manqué pour l'amélioration du cerveau et des instincts d'Emile. Et puis par quel hasard singulier cet être privilégié, ayant sucé le lait de toutes les vérités démontrées, possédant un appareil de logique et de syllogisme vraiment incomparable, se trouvait-il inférieur, au point de vue de la morale générale, à des esprits vulgaires, étroits, garrottés dans les liens du paganisme catholique ?

A force de rechercher les raisons de cette anomalie et de ne pouvoir les trouver, l'excellent M. Beuvron en vint à prendre la question sous une autre face. Puisque son système d'éducation était bon, n'était-ce pas son fils, produit exceptionnel et presque parfait du système, qui avait raison contre la morale courante ?

Peu à peu les lois sociales lui apparurent comme une résultante de la fatuité humaine qui, ingrate envers son passé, son présent et son avenir, a voulu se séparer des autres animaux ses frères. La seule loi inscrite vraiment dans la nature, n'est-elle pas la loi de destruction ? Par quelle arrogance l'homme entend-il réformer chez lui ce droit du plus fort, qui sert de base au règne végétal et au règne animal ? Pourquoi lui reprocher ce qu'on admet parfaitement chez tous les autres mammifères ?

Les actes jusqu'ici considérés comme crimes sont l'expression de forces mal employées, mais réelles, qu'une société sage devrait ménager, emmagasiner, au lieu de les détruire.

Que si le duel se poursuit entre la force collective et les forces isolées, celles-ci seront vaincues assurément. Toutefois est-il bien juste de leur jeter le blâme et de les stigmatiser comme on l'a fait jusqu'à présent? Le monde est un champ de bataille. Malheur à ceux qui sont faibles et mal armés !....

M. Beuvron entrevoyait dans cette direction des perspectives profondes et infinies. Jusqu'ici l'univers s'était trompé encore plus qu'il ne le supposait : l'homme de l'avenir et de la vérité ressemblerait sans doute à son fils, venu trop tôt dans une société imprégnée encore d'idéalisme, et qui masque son impuissance sous des abstractions.

— Mon fils est plus fort que moi ! pensa Beuvron.

Cependant — telle est la puissance

du préjugé même chez les âmes ouvertes à tous les progrès ! — il ressentait une vague défiance devant cet être supérieur, et il la justifiait par ce fait que la gazelle évite volontiers le voisinage du lion, étant donné le droit incontestable et universellement reconnu de ce félin à dévorer les ruminants à cornes creuses non caduques, lesquels sont moins forts que lui.

Le vieux positiviste, ayant lancé l'*Essai sur la cellule primordiale*, résolut d'immortaliser sa vieillesse par un nouveau monument ; après avoir successivement éliminé plusieurs titres, il résolut d'appeler *Erreurs de la morale* le livre hardi pour lequel il rassemblait des notes.

Jusqu'ici les matérialistes ont, avec une ténacité opiniâtre, essayé de concilier leur doctrine et la morale qui procède des religions diverses. M. Beuvron comptait démontrer que la morale elle-même était l'erreur fondamentale d'où étaient sorties les erreurs religieuses.

Ce travail l'absorbait beaucoup. « Il faudra que je consulte mon fils, » répétait-il souvent. Il apprenait vaguement que ce fils menait grand train, et que jamais mammifère n'avait plus complaisamment fourni satisfaction à ses organes.

Cela ne déplaisait point au vieillard, qui s'était rasséréné depuis qu'il avait trouvé un moyen de soutenir victorieusement l'excellence un peu compromise de sa méthode positive et expérimentale. M. Beuvron fut donc enchanté quand un soir il vtt arriver Emile.

Le jeune homme était pâle, il avait l'œil fiévreux et l'air préoccupé.

— Serais-tu souffrant ? lui demanda son père.

— Un peu, ce ne sera rien.

— Tu ne te ménages peut-être pas assez... Sais-tu à quoi travaille ton vieux bonhomme de père pendant que tu abuses de ta jeunesse?

— Non!

— Mon cher enfant! je prépare un ouvrage étonnant, une démonstration sublime que personne n'a encore tentée, bien qu'en réalité ses principes soient universellement pratiqués, je médite une négation de la morale.

— A la bonne heure, s'écria joyeusement Emile, je retrouve ici l'esprit profond de mon père; aussi ne va-t-il pas s'étonner si je lui fais une demande un peu insolite.... Il me faut cent mille francs.

— Que dis-tu?

— Il me faut cent mille francs.

— Je ne les ai pas.... tu plaisantes, mon ami.

— Je ne plaisante pas. Ces cent mille francs, tu les as et plus encore;

mais je ne te prendrai que ce dont j'ai besoin. Je connais tes habitudes, tes obligations sont dans ce secrétaire. — Et il montrait un meuble dans l'angle de la chambre. — Donne-moi la clef.

— Je te préviens que j'appelle au secours si tu continues cette facétie.

— Cela est inutile. Ta domestique est sortie, je l'ai envoyée à l'autre bout de Paris. Le verrou de ton cabinet est tiré.... ainsi tu n'as qu'à t'exécuter. Tes clefs ?

— Tu veux me voler, malheureux ?

— Te voler, non ! T'emprunter. Je te connais. La persuasion eût échoué sur toi. Tu as toujours eu un fond d'avarice que l'âge augmente encore. J'ai besoin de cent mille francs pour me tirer d'affaire et, en même temps pour rebondir plus haut que jamais sur le tremplin de la spéculation. Cent mille francs, quelle misère ! Dans six mois, dans trois mois peut-être, je te rendrai un demi-million ! Si je ne saute pas demain, après-demain j'ai la concession des Docks de Cette. C'est pour moi la fortune à tout jamais assurée, un mariage opulent, la décoration, la députation, tout enfin, et je manquerai cela faute de cent mille francs ! Allons donc ! Tu les as ! je les veux.

— Eh bien ! je te jure que tu ne les auras pas, répondit le vieillard, pris d'une colère furieuse et d'une haine folle.

— Voyons, mon père, raisonnons : je te répète que c'est un emprunt.... un emprunt forcé, mais usuraire à cinq cents pour cent. Tu ne voudras pas perdre ma vie et mon avenir pour une pareille bagatelle.

— Je ne te donnerai pas un sou.

— Ah ! puisque tu le prends sur ce ton...

— Quoi donc, fils pervers?

— Eh bien! oui, je suis pervers; mais tu m'as appris qu'il n'y a pas plus de démérite à être pervers qu'à être borgne ou bossu. Epargne-moi tes phrases, donne-moi ta malédiction si tu le veux, et prête-toi de bonne grâce à ce que je te demande.

— Et si je refuse?

— Si tu refuses... si tu refuses... Eh bien! je te forcerai à consentir... Je suis le plus fort, tu le sais. La loi du monde est le combat pour l'existence, tu le sais encore.... Donne-moi ton argent!

— Jamais.

Emile bondit du côté du secrétaire. Son père retrouva des forces et de l'agilité pour défendre son trésor; il voulut saisir à la gorge son fils, qui se dégagea facilement; alors il se précipita vers la fenêtre; Emile le prévint et d'une main brutale le repoussa violemment.

Le vieillard chancela et tomba sans connaissance.

— Où sont les clefs ? se dit Emile.

Il chercha, finit par les trouver, ouvrit le secrétaire, y prit un peu plus de cent mille francs d'actions au porteur, les mit dans sa poche et referma le meuble ; cela fait, il s'approcha du vieillard qui gisait sur le parquet.

— Tiens ! l'apoplexie !.... le grand ouvrage sur les erreurs de la morale ne sera jamais achevé.

De ses bras vigoureux, le jeune assassin porta son père dans un fauteuil ; l'œil vitreux qui semblait le regarder, les bras crispés qui s'accrochaient à lui, tout cela finit par lui donner un petit frisson.

— Je ne veux pas rester ici, et d'autre part on pourrait me soupçonner....

Il vérifia s'il existait quelques ecchymoses sur la face du vieillard, il n'y en avait point.

— La chute n'est pour rien dans cette catastrophe ; c'est l'apoplexie qui a tout fait.

Cette réflexion le rassura complétement, il pencha en avant le corps inerte de M. Beuvron, dont la tête tomba lourdement sur la table de travail, puis il sortit.

Quand la domestique rentra, elle trouva son maître dans la même position. Les médecins furent appelés et constatèrent l'état absolument désespéré du malade.

L'agonie de M. Beuvron dura deux jours. Quelques minutes avant sa mort, il sembla retrouver un peu conscience de lui-même, examina d'un œil éteint tous ces mercenaires assemblés autour de son lit et murmura :

— Si je m'étais trompé !

Personne ne comprit ce que cela voulait dire, et l'auteur de l'*Essai sur la cellule primordiale* retomba bientôt dans l'éternel silence.

Ses obsèques civiles eurent lieu avec une grande solennité ; on en fit une sorte de démonstration politique ; les Ecoles étaient là avec tous les représentants de la démocratie.

Emile Beuvron, qui conduisait le deuil et dont chacun pouvait constater l'excellente attitude, remercia en bons termes les amis qui venaient dire un dernier adieu à ce qui avait été « l'illustre savant Beuvron. »

Son petit discours fut très-approuvé dans la presse libre-penseuse.

VIII

L'héritage de M. Beuvron ne porta point bonheur à son fils ; un an ne s'était pas écoulé que l'affaire des Docks de Cette était en pleine déconfiture. Emile jugea à propos d'aller un peu visiter l'Amérique. Selon les uns, il emportait la caisse, selon les autres, il avait juste de quoi parer aux premiers frais d'établissement.

Son meilleur capital était son intelligence; il monta une grande affaire presque immédiatement après son arrivée : il voulait créer à New-York un centre de production qui permît à l'Amérique de se passer de l importation française et notamment de l'article de Paris. Le grand *Bazar de l'industrie européenne,* bien qu'il fût soutenu avec force réclames et *humbug*, bien qu'on vît travailler les ouvriers derrière une espèce de cage et qu'on offrît des bouquets de violettes aux visiteuses, tomba assez rapidement.

Les événements de ce genre affectent peu les Américains. Mais un Français qui avait mis toutes ses économies dans le *Grand Bazar* et qui, du soir au matin, se trouvait réduit à la besace, se fâcha tout rouge. Il attendit Emile Beuvron au coin de la neuvième avenue et l'insulta grossièrement. Beuvron lui répondit par un soufflet. Le créancier tira un revolver de sa poche et tua le débiteur.

Ainsi finit par l'application de la loi du plus fort, le combat d'Emile Beuvron pour l'existence.

FIN

IMPRIMERIE F. HEUTTE ET Cie, A SAINT-GERMAIN

www.ingramcontent.com/pod-product-compliance
Ingram Content Group UK Ltd.
Pitfield, Milton Keynes, MK11 3LW, UK
UKHW020919180726
13838UKWH00002B/650